我一杯茶的时间

一茶俳句选

【日】小林一茶 著

张杰 编译

民主与建设出版社

·北京·

© 民主与建设出版社，2023

图书在版编目（CIP）数据

给我一杯茶的时间：小林一茶俳句选 / （日）小林
一茶著；张杰编译 . —— 北京：民主与建设出版社，
2023.6
ISBN 978-7-5139-4220-1

Ⅰ . ①给… Ⅱ . ①小… ②张… Ⅲ . ①俳句 – 诗集 –
日本 – 现代 Ⅳ . ① I313.25

中国国家版本馆 CIP 数据核字 (2023) 第 098803 号

给我一杯茶的时间：小林一茶俳句选
GEI WO YIBEI CHA DE SHIJIAN XIAOLINYICHA PAIJU XUAN

著　　者	[日]小林一茶	
编　　译	张　杰	
责任编辑	程　旭	
封面设计	张景春	
出版发行	民主与建设出版社有限责任公司	
电　　话	（010）59417747　59419778	
社　　址	北京市海淀区西三环中路 10 号望海楼 E 座 7 层	
邮　　编	100142	
印　　刷	运河（唐山）印务有限公司	
版　　次	2023 年 6 月第 1 版	
印　　次	2023 年 6 月第 1 次印刷	
开　　本	880mm×1230mm　1/32	
印　　张	6.5	
字　　数	100 千字	
书　　号	ISBN 978-7-5139-4220-1	
定　　价	52.00 元	

注：如有印、装质量问题，请与出版社联系。

恰给猫洗澡

哗啦哗啦落入河

春日雨潇潇

沿着菜花田
望向最远的那一边
有座富士山

瘦弱的青蛙

切莫认输

在下一茶与你同在

夜雨蒙蒙四野无人
猫咪恋爱溜出家门

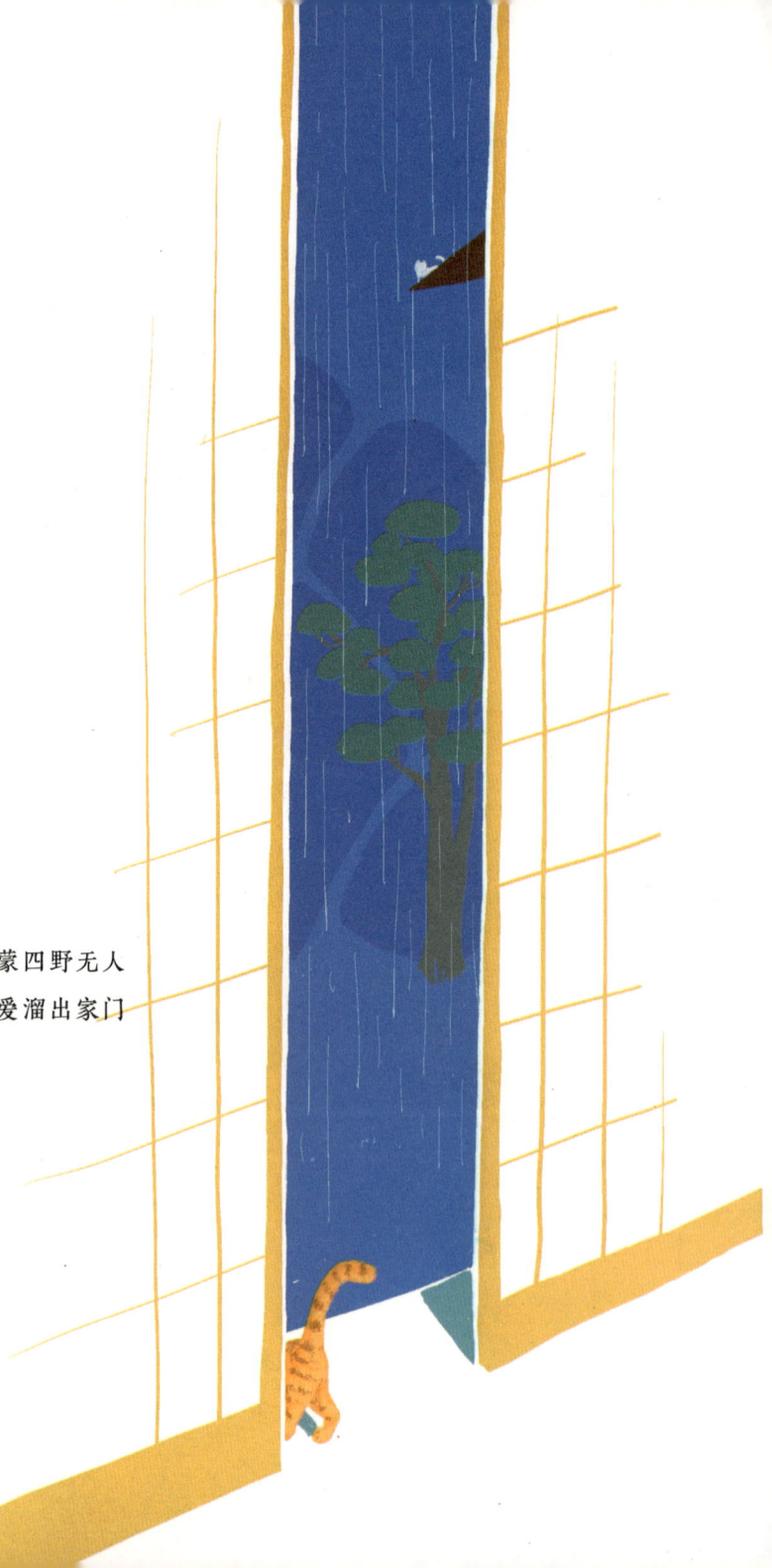

狂妄的小虫哟
可知猫正盯着你
还在聒噪叫

雪融化的夜

天空挂着一轮

胖乎乎的满月

目 录

序言一

我非常喜欢庄子，亦庄亦谐之间，坦荡可爱。

第一次读到小林一茶的俳句，就让我产生一种错觉，如果庄子会写俳句，大抵如此风格。

两位大家流传下来的文字之中，都透露出一股非常弥足珍贵的赤子之心，智慧而豁达，知世故而不世故。历经人间坎坷悲凉，却在认清这个世界的残酷之后同时怀着孩子般的纯真善良去观察万物，温柔有趣。

最初知道小林一茶，是因那句广为流传的——

露の世は

露の世ながら

さりながら

（露水般的人世间

明知是露水般的人世间

我却　我却）

是啊，这世界有时候令人感到绝望、虚无、无所适从。人们汲汲营营，忙忙碌碌，不过为了碎银几两尔虞我诈。有的亲人之间因利益可以反目成仇，有的爱人之间因欲望而彼此背叛，那些美好的、高尚的、纯真的、良善的人性品质，却总在红尘磨炼之中显得脆弱而短暂。

这世界真的美好吗？有人的地方就有争斗，能够和谐共处的理想乡总如桃源梦境镜花水月。

露珠般的人世间，明知是露珠般的人世间，可是，可是……我不甘心。

只要人们对美好的追求不灭，我们总会穷尽一生去努力，去挣扎，去寻找那一片灵魂归宿之地。

我想真正的成熟不该是对一切都漠不关心，而是直面人生的缺憾，接纳自己的不完美。过去心不可得，未来心不可得，只有活在当下才是对生命真正的珍惜。

所有的悲伤、痛苦都是记忆中自我制造的桎梏，判罚内心无止境的自我折磨与焦虑恐惧。

罗曼·罗兰说过的，这个世上只有一种真正的英雄主义，那就是认清生活的真相，并且仍然热爱它。

我们当代人，常常会涌出一瞬间的虚无感。

人世无常而短暂，苦多乐少，不如意事常八九。

我们改变不了命运中的挫折痛苦，唯一能够改变的，只能是自己面对世事的态度，是一蹶不振自怨自艾，还是在认清生活的真相后依然热爱生活，勇往直前豁达洒脱，带来的生命质感有天壤之别。

读小林一茶的俳句，如饮清酒，不觉自醉，迎面春风，回首落樱。

他没有什么大道理，写的都是日常所见再平凡不过的一草一木、一蔬一菜，乃至青蛙黄雀、蝈蝈蝼蚁……

他的诗可谓包罗万象，无论青山浮云，或是跳蚤蚊虫，世间万物都能成为他的朋友，以一种诙谐慈悲的心将所见所闻一一化为有趣的小诗。

虱子也一样吧
长夜漫漫
是否会寂寥

有人的地方
就会有苍蝇
同时也会有佛

流浪猫
枕眠在
佛像膝头之上

他是具有佛性的人，俳句虽短，却透露出悠远慈悲的禅意，时常令我会心一笑。越是简单的句子背后，越能体味到那种段子手般的灵气活泼。

很多人活得太成熟，反而会失去那股纯粹观察万物的生命力，也错过了生活中许多视而不见的美好。

从小林一茶的俳句中，我体会到当一个人以孩子般单纯而好奇的目光去观察目之所及的一切时，你会发现生命本身就是奇迹般的礼物，哪怕一只飞虫、一块石头，也是造物神奇的化身。

暂时忘掉"我"这个概念去观察身边吧，你会发现这个世界也可以如此特别，夜空的月轮和星辰很美，溪流、春风、马桶、热水、外卖、游乐园、公园晒太阳的野猫等，都很美妙神奇。

当一个人能够如此单纯、如此安静、如此专注于当下，不带评判地接纳这个世界时，生命真是一件赏心乐事。

小林一茶的一生都充满不幸，三岁丧母，从小被继母虐待。从童年起，他便独自一人与大自然为伴，沐浴着月光清风。十五岁被驱逐出家独自去江户谋生，一路走来他无依无靠，充分体验到人情冷暖、世事无常，感到生而为人本身充满了苦难，然而，然而，他自己得不到多少人间的善意，却始终释放着善意给人间；他自己得不到抚慰，却永远在抚慰别人。

他是智慧的、慈悲的、豁达的、包容的、成熟的俳人，同时也是诙谐的、乐观的、脆弱的、孩子般的小老头子。

这么可爱的一个人，谁不想跟他做朋友。

会看花的人，就会看云、看月、看星辰，在人世间的一切中看到灵气在跳跃。

一定要爱着点什么，才不会被空前与孤独吞没。

诗歌之美，绝不仅仅是辞藻罗列与音律之美，更是诗歌背后所蕴藏的人文之美、精神之美。

正如尼采所说："就算人生是出悲剧，我们也要有声有色地演这出悲剧，不要失掉了悲剧的壮丽和快慰；就算人生是个梦，我们也要有滋有味地做这个梦，不要失掉了梦的情致和乐趣。"

很荣幸这次可以翻译小林一茶的俳句，同时也感到一种压力。

俳句对于国人较为陌生，是日本特有的诗歌形式，是中国古代汉诗的绝句在日本化发展变化之后的短诗，简短而韵味悠长。外国的诗歌本身就会在翻译的过程中失去原有的独有音韵之美，更何况俳句的简短凝练之下，很难完全符合原有的音律节奏和言外之意。

俳句多由实物和季节语来引出画面感，一旦直译很容易显得呆板空洞，仿佛只是几个名词的罗列，很难体现那种或优美或灵动的意境，我在尽我所能达到信达雅的同时，也不得不承认能力有限，无法完美表现出小林一茶那种特有的风格，只能退而求其次尽可能表现出他让我最喜爱的一点——洒脱可爱。

小林一茶的灵魂里藏着家乡冬日的雪、江户街巷的烟火气、濑户的海风与佛陀的微笑、红尘的流浪之旅途经万物喧嚣，逐渐在岁月沉淀下圆融和谐，最终在无数流浪岁月的月光斑驳下，开成一朵别具一格的八重樱。

哭吧，一切生离死别之后，是悲悯叹息；
笑吧，哪怕生命最后一天，是火光满天。

张　杰

序言二 小林一茶的俳句人生

1827 年 6 月，日本信浓国水内郡柏原村。

突如其来的一场大火，烧得村子里火光冲天，烧毁了大半房屋。

颠沛流离半生的一代俳人小林一茶好不容易老年回到故乡，此时再次一无所有。

是年，他已六十五岁。

烧焦的土地
热气腾腾之中
跳蚤闹腾

遭遇如此不幸，小林一茶依旧豁达风趣。

躺在最后的栖息之地——一座简陋的土造贮藏室中，向来乐天知命的一茶依然该吃吃，该睡睡，望着月光回忆自己的一生。

该怎么去形容他这一生？说到底也不过是苦中作乐。

笑未必是真的开心，哭也只是情到浓时难以自抑，等风雨过去，糟糕的生活总还要继续。

以笑的方式哭，在死亡的伴随下活着。

活着，真是件不可思议的事啊。

年少时的他只想做个安稳的农民，在出生的家乡日出而作日落而息，悠然见南山。

然而命运多舛，这点简单的愿望都无法实现。

一茶三岁丧母，八岁时父亲娶了新妻子，十岁时继母生下次子，之后父母都对一茶不闻不问。

俗话说后娘打孩子——早晚是一顿，年幼的一茶饱受继母欺凌，不得不懂事早熟。六岁的时候就已经能写俳句：

请你飞过来
与我一同玩耍吧
没有双亲的小麻雀

十五岁的时候，家里人将他驱逐到江户独自谋生，年少的小林一茶无依无靠，只能靠自己四处打工维持生活。

艰难的日子里，有一顿没一顿，想念故乡的时候，想起的都是悲伤的往事：

故乡哟
一靠近你

一谈及你

皆像带刺的花

从十五岁到二十五岁，独自谋生的小林一茶从未放弃学习，他在空闲时间大量阅读古籍，并对俳句产生了浓厚的兴趣，终于成为了江户著名俳人二六庵竹阿的门人，学习写俳句。

三年后，师父二六庵竹阿过世，小林一茶又拜入同属于葛饰派的沟口素丸门下。

三十岁开始，为了更进一步创作俳句，小林一茶模仿俳圣松尾芭蕉四处旅行（流浪），前往关西、四国、九州地区见识广阔天地，寻找灵感。

三十九岁时，老家的父亲病重，小林一茶再回故里悉心照顾卧榻在床的老父亲，寸步不离。这让素来对长子冷漠的父亲愧疚不已，最终留下遗言，将财产一半留给小林一茶。

父亲过世后，小林一茶在这世上的亲人只剩下没有血缘关系的继母以及同父异母的弟弟仙六。

围绕着父亲的遗产，继母和弟弟坚决不让步，认为一茶十五岁就离开了家乡，有什么资格分走一半遗产，这让一茶无比难过。他只是希望可以回到故乡，有薄田可以维生足矣，这点心愿也难以实现。

再三斡旋之下，整整过了十年，一茶才终于和弟弟和解，得以回到家乡，此时的一茶已经年近五十。

流浪半生，终于回到了日思夜想的家乡，苦难的前半生非但没有打倒一茶，反而培养出他坚韧豁达、风趣洒脱的可爱个性。

此时的小林一茶，早已在俳句的造诣上青出于蓝，留下脍炙人口的作品无数，在家乡也有不少年轻人崇拜追随。

五十二岁那年，一茶第一次结婚。

妻子名为菊，时年二十八岁，家境殷实，两人差了一代。

之所以一茶能够娶到娇妻，也是因写俳句出了名。在信浓一带一茶的俳句也广受欢迎，前来拜师学习的年轻人很多。那个时代来说，菊二十八岁结婚也是晚婚，不过夫妻相差二十四岁还是挺让人惊讶的。

五十多岁才当新郎，婚礼上一茶也对自己的白发感到难为情，时不时拿着扇子遮挡：

五十岁的新郎

不住拿扇子

欲遮白发

从小没有感受家庭温暖的一茶，很用心地经营婚姻，根据他的日记中所写，夫妻之间尽管年纪悬殊，但彼此恩爱、生活和谐，时不时有些可爱的小浪漫，这是一段难得的幸福时光。

然而上天似乎不想让小林一茶活得太舒服，接二连三地夺走了他们的孩子。

婚后的日子里，小林一茶与妻子菊一共孕育了三男一女四个孩子，可全都在不到两岁的年纪就因种种原因离世。这不断的打击让喜爱孩子的一茶再三陷入白发人送黑发人的痛苦之中，愈发感受到人生无常。

活着这件事，真是无奈。

九年之后，三十七岁的妻子因病去世，自此小林一茶又回到了孤苦伶仃的日子。

少年艰辛，中年流浪，老年丧子，什么倒霉事都让小林一茶碰上了，可他始终不认输，以一种强韧的生命力观察着世间的花开花落，始终保持赤子之心。

老年的小林一茶患上了中风，半身不遂。他总觉得时日无多，也对死亡做好了准备。

往后的日子只能一个人过了，总想着自己的日子也不长了，谁知一过又过了这些年。

六十二岁，一茶娶了一位武士之女为妻，因性格不合两三个月便告离异。

六十三岁的他再次娶妻，而此时的他不但行动不便也差不多失去了言语的能力。

六十五时家中失火，屋宇家具尽付一炬，一茶亦于是年十一月染病，因医治无效而逝世。

这个乐观而向往幸福的老头，最终还是抵不过上天的捉弄，在凄凉的贫病交加中黯然离世，留下了一位遗腹女。

纵观他的一生，充满了苦难，可他的俳句中，却满是对自然、对生命、对世间万物的热爱。

小林一茶一生写过的俳句超过两万首，作品题材丰富多彩，要想全面了解一茶的作品不是一件容易的事。

小林一茶是日本江户时代后期的俳人，在日本素来与松尾芭蕉、与谢芜村等并称为"古典俳句三大家"。

俳句是日本的一种诗歌形式。以五七五的音节方式，记录生命中灵光一现的感受。

二百年后，当我们再次读到他的作品，依然能从字里行间感受到他可爱的真性情，无论是青蛙、布谷鸟还是蚊子、跳蚤，所有世间万物，他都能以一颗善良、幽默的心去相处。

也许我们不能选择命运，但我们至少可以选择面对命运的态度。

张　杰

·

露珠幻世

·

1.

请你飞过来

与我一同玩耍吧

没有双亲的小麻雀

故事背景 据说这首俳句是小林一茶小时候所写。
小林一茶三岁丧母，此后大多数时间由奶奶代为照顾。八
岁时小林父亲续弦娶妻，对一茶愈发冷淡。两年后继母生
了儿子，更是时常虐待一茶，使一茶的童年时常处于孤独煎
熬之中。没有双亲的小麻雀，正是一茶对自己童年的比喻。

2.

当雪融化时
村子里将会出现
漫山遍野的孩子

———

故事背景 小林一茶的家乡信浓町是日本屈指可数的降雪
胜地，一到冬天大量的积雪甚至可以达到一米以上的厚度。
于是乎一到冬天，信浓町的孩子们往往都被关在家里不让出
去玩，对于爱玩的孩子来说自然煎熬。 当春天来临雪融化
时，憋了一个冬天的孩子们终于可以欢天喜地出来嬉戏玩
耍，漫山遍野都是孩子在闹腾。

3.

小麻雀哟

速速躲开

大人物的马车将通过

故事背景　日本江户时代的统治者德川家族为了控制各地大名（相当于中国古代的诸侯），规定各藩的大名需要定期前往江户住一段时间再返回，实际上是为了方便监控管理，这种制度叫参勤交代。

小林一茶的家乡正处于北陆的大名前往江户必经之地，一茶从小就能见到大名气派的车马队列经过家乡。

庶民如果冲撞大名的马车队伍，是格杀勿论的，所以一茶告诫小麻雀和小朋友，看到马车队伍要赶紧躲开。

4.

花了三文钱

只看到一片朦胧迷雾

啥破望远镜

故事背景 春日里，小林一茶前往汤岛台游玩，花了三文钱
用收费望远镜想俯瞰江户的风景，结果这望远镜年久失修什
么也看不清，失望之下写下此俳句。

江户时期的汤岛天神也是有名的观光地，吸引着远近游客前
往观光祈福。汤岛天神是东京具有代表性的神社，供奉着
学识之神菅原道真公，因此每到应试期间，都会有许多学生
前来祈求考试合格。

5.

回来先问候
家门前的树木是否无恙
久违的夏日纳凉

————

故事背景 1777 年，小林一茶因为家庭原因，十五岁就被放逐离开家乡，独自前往江户谋生。一生大半的时间颠沛流离，如同无根游鸟。这首俳句是他时隔十四年后，二十九岁时再次回到故乡时所写，相比于带给他伤害的家人，回到家的他最想问候的，是家中门前的树木，怀念起小时候在树下纳凉的夏日旧时光。

6.

静谧蔓延

湖水的深处

飘浮着夏日云峰①

——————

① 云峰，日语中指夏日晴朗的好天气时出现的山峰一样的云彩。

故事背景 二十九岁回到家乡待了一年之后，小林一茶在而立之年再度离开老家开始了前往西国的旅途。在路上，他见到了宁静清幽的琵琶湖（日本最大的湖泊，位于如今滋贺县），感慨于湖水的清澈咏下此句。对于俳句诗人来说，旅行是必要的修行，增长见识、磨炼心性的同时，也是为了在旅途中寻找灵感，记录那些触动灵魂的瞬间，将之写成俳句。

7.

天高云雀飞

海阔人逐浪

纵情游玩好时光

故事背景　这首俳句也写于三十岁时西国行的路上，看到海边赶海嬉戏的人群，有感而发。

8.

朦胧尽是朦胧

踏足之处皆为水

道路惘然

故事背景 1795 年 1 月 13 日，三十二岁的小林一茶依然在旅途流浪，途经四国伊予风早难波村的最明寺，想拜访住持茶来。一茶二十五岁时拜葛饰派俳谐诗人二六庵竹阿为师，二六庵死后，承继师门，号称二六庵菊明。这位僧人茶来，正是已故亡师竹阿的旧友。到了最明寺后，一茶才得知这位住持早已过世，本想在寺院暂住一宿，却遭到僧人的拒绝，在这荒郊野岭连个过夜的地方都找不到，只觉得前途一片朦胧凄凉，顿感迷失了人生的道路。

9.

天渐寥阔

地渐宽

何妨秋色已更秋

故事背景 1795 年，小林一茶正式出版了第一本俳句集《旅拾遗》，收录他在西国行旅途中所写的俳句。自此之后，作为俳人的小林算是在俳句界崭露头角，受到了当时葛饰派俳人们的关注赏识。小林一茶终于有种熬出头的舒畅，只感觉天地都开阔起来，何妨秋色已更秋。

10.

越过竹林

传来诵读御文① 的低吟

宛如宣告着秋天的来临

——————

① 御文是净土真宗本愿寺八世祖莲如上人写给信徒的法
语集，共分八十通，可供朝夕课诵。

故事背景 小林一茶有位神交已久的挚友——名为栗田樗
堂，他比一茶年长十岁，是位有名气的俳人，也是一位富
商。樗堂为人高洁清雅，信仰净土宗，乐善好施，虽家财
万贯却过着清贫简朴的隐士生活，每日诵读御文精进修心，
是小林一茶非常尊敬憧憬的良师益友。

此前两人一直以书信的方式交流，这首俳句展现的是小林一
茶第一次亲自拜访樗堂时的情景。

11.

野外小解后

风吹一哆嗦

忽闻草丛蝈蝈笑

故事背景　江户时代没有公共厕所，旅行路上解决大小便只能在野外。

俳句作为江户时期最受世俗百姓喜爱的一种文学形式，与日本和歌最主要的区别，就在于内容的包罗万象、贴近生活，俗称接地气，什么都可以写，哪怕是野外小便这种俗事。会将野外小便之类的俗事写成俳句，也是小林乐天风趣性格的一种体现。

12.

鄙陋如我

今晨亦为清净僧

宛若梅花开

故事背景 小林一茶儿时没有家庭温暖,少年时期颠沛流离,人到中年四处游历,过着类似游方僧的生活,内心深处很向往成为一个真正严守戒律的清净僧人,不过他也知道自己有太多七情六欲杂念不止,所以一直没有勇气真正出家。这首俳句写于日本奈良的长谷寺迎接新年时,小林一茶与僧人一起打坐念佛,体会了一次做僧人的气氛,感受到一股肃穆与祥和,内心仿若梅花开。

13.

你是什么时候

来到我脚边的呀

小蜗牛

故事背景　小林一茶结束西国旅行之后又回到了江户，也出版了不少俳句作品，得到名声的同时，生活条件也得到了改善，总算有了扬眉吐气的感觉。这个时候，老家的父亲却因感染伤寒病倒在床。一茶得到消息后立刻回到老家，昼夜悉心照顾父亲。父亲大为感动之下，也深感愧疚，提出要将遗产平分给一茶。一茶同父异母的弟弟非常生气，认为一茶这么多年从未帮过家里的忙，如今却要来分走一半财产和土地，坚决不同意。

此后，一茶继母和弟弟再也不管父亲，任由他病情加重也不来看望。

这首俳句正是写于这段照顾病重父亲的时期，一茶无意中见到脚边的蜗牛，产生一种孤独的感伤。

14.

长卧病榻之人

且容苍蝇放肆

今日也要尽我所能

———

故事背景 这段时期，一茶不顾自己身体，全心全意照顾着病中的父亲，喂药喂饭，给父亲按摩，用扇子驱赶苍蝇，等等，从睁开眼就昼夜不离。一茶一直渴望家庭的爱，被迫离开家十五年，这次终于可以和父亲朝夕相处尽心照顾，对他来说也是难得的成全。十五年来，他在外孤独漂泊无法回家，如今父亲病重却显示出本性中的单纯善良，非但没有怨恨，反而悉心照料。不知当时小林父亲心里，该有多愧疚。

15.

父亲健在时

曾想一起看朝阳

升起于青色田原之上

故事背景 对于父亲，小林一茶有太多遗憾，十五年的时光不曾陪伴，如今父亲已经去世，那些曾想过父子一起做的事，再也无法实现了。

16.

晚樱时节

有家之人早已归

而我无处回

故事背景 照顾父亲去世之后，一茶回到了江户。父亲临终前关于遗产的安排，引起了继母和弟弟的强烈反对，对一茶的敌意让他无法安稳留在渴望已久的家乡。一茶回到江户继续从事俳人职业，一个人也过得悠哉自在。

这段时期，一茶暂住在爱宕山一座叫别当胜智院的寺院，过着半僧半俗的生活。

满开的樱花即将落下，樱花明年还会再开，而久别的家乡却始终难以回去。

17.

像我这样孤独的人
如同银河流放的星
夜夜思忖何处投宿

故事背景　一茶非常孤独，家人一一逝去，独自在人口众多的江户生活无依无靠，觉得自己就像被银河流放在边缘的星辰，四处流浪无家可归。这首俳句写于回江户的旅途之中，那个年代住宿业不发达，想必许多夜晚一茶都是风餐露宿，住在野外。

18.

每当我想依靠

才意识到柱子好凉

故事背景 父亲死后，这世上羁绊最深的人不见了，多年来
父亲不曾给过依靠，作为一茶精神上的柱子，确实好凉。

19.

梅花暗香

无论谁来

我的茶碗都不够

故事背景　一茶回到江户后，在别当胜智院住了一段时间，攒了一些钱，终于在1804年（41岁）十月搬家，搬到了条件相当不错的宅子，甚至还有种满植物的院子。

搬家之际，许多朋友来关照，有送家具的，有送字画的，还有送米粮的，等等，很是热闹。

一茶招待朋友们来新家，调侃道：我的茶碗不够呀，就别在家里吃饭了。

20.

寒风吹得

地面更冷

坐着唱歌乞讨

故事背景 尽管搬了新家，可是一茶始终没有真正的安全感与平静，身在江户这样繁华的大城市，他始终感觉自己是个外乡人，靠着一点才艺讨口饭吃，就像坐在寒风中唱歌乞讨之人。

21.

心底深处
下起了一场
信浓的雪

故事背景 1807 年 7 月，时年 45 岁的小林一茶回到故乡信浓柏原，参加父亲的七周年忌辰，自从父亲过世之后，初次再回故乡。这次回去之后一直待到过冬，小时候熟悉的雪国风光让一茶想要留在故乡的心情愈发浓烈，在进一步与继母、弟弟商讨过遗产分配的问题后，下定决心要回故乡安居。

22.

白鱼 ① 暴涨

生于朦胧夜色之中

────────

① 白鱼是江户的名产，一到春天就会大量繁殖，味美价廉，很受民间喜爱。

故事背景 这首俳句作于1808年，小林一茶回到故乡参加祖母的三十三周年忌辰，并为之后回来生活做一系列准备工作。这个时期的一茶，因俳句早已闻名于世，前来拜师的弟子为数不少，即便是在家乡信浓也成了名人。此时的一茶各方面都进入了人生比较安稳的阶段，作品的基调也更为充满生命力。

23.

明月皎洁无所分别

照耀我那清贫寒舍

故事背景　随着和弟弟遗产分配的沟通，最终得到了双方认同的结果，回家乡住的事总算定了下来。此时一茶住在自己年少时的屋子中，感受那没有分别的月光，获得了内心的平静，哪怕是个破破烂烂的屋子，也是充满自己童年美好回忆的地方。

24.

元旦无处可归

不只是我

世间丧家之鸟何其多

故事背景　打定主意回老家之后，回到江户的一茶就把原先
居住的房子退租，自己暂时住到了朋友家里。这一年元旦，
小林一茶调侃自己又成了丧家之鸟。

25.

故乡哟

一靠近你

一谈及你

皆像带刺的花

故事背景 尽管回到了家乡很高兴，不过小林一茶与继母、弟弟的关系依旧恶劣，毕竟村子不大，抬头不见低头见，弟弟一家经常阴阳怪气、挖苦讽刺一茶，这让他很是难过。带刺的花与其说是故乡，不如说是故乡的亲人。

26.

露珠幻世

不过露珠人间

吵架依旧

故事背景 写于 1810 年。人生如朝露，瞬间即碎。一茶将
争吵的世界置放于露珠中。

27.

流年将逝
碧蓝晴空做伴
步行到守谷①

----

① 守谷是日本茨城县守谷市。

故事背景 1810 年冬天，小林一茶前往守谷的西林寺拜访
住持鹤老。鹤老是僧人的同时，也是当时全国知名的俳人，
与小林一茶也是志同道合，互相欣赏，彼此喜欢研究琢磨俳
句。这首俳句就是写于旅途路上，表达了一茶期待早点见
面的喜悦心情。
在西林寺期间，一茶整理出了俳句集《我春集》。

28.

我的邻居是不是

拿着年糕要来我家了

故事背景　岁末在家中的一茶，期盼邻居敲门送来年糕。

29.

嘎吱嘎吱

咬着竹子

想要逃出笼子的蝈蝈

故事背景　1811 年的小林一茶，已经四十九岁了，他在日记中写，未到知天命之年，牙齿已掉光。这首俳句中的嘎吱嘎吱逃离的，代指其实就是他的牙齿，幽了自己一默。

30.

秋月哟春花

四十九年空度日

走过的岁月

————

故事背景 由于常年背井离乡颠沛流离，小林一茶都没有固
定的住处。不知不觉到了四十九岁，始终孤身一人，不曾
有过妻子儿女，回顾人生寂寞唏嘘。

31.

江户的夜

总显得格外短暂

故事背景　写于 1812 年。小林一茶五十岁，才终于如愿以偿地回到了故乡长居。

32.

在此人间世

我们如同行走于地狱之上

凝视繁花

故事背景 写于 1812 年。小林一茶流浪半生，他的许多意
象都充满令人讶异的巧思。

33.

雪融化的夜

天空挂着一轮

胖乎乎的满月

故事背景　回到故乡，熟悉的地方，熟悉的风景，当雪融化的日子，连月亮都充满生气，像个胖乎乎的新生婴儿。这也意味着一茶内心重生孕育出对生活的热爱和期待。

34.

逝去的母亲

每当我看到大海

每当我想你

―――――

故事背景　小林一茶三岁丧母，对于母亲的记忆几乎没有。之所以看到大海就会想到母亲，是因为一茶信奉净土宗，相信人死后会去彼岸的极乐净土，母亲一定在那里幸福地生活着，我们终将再见。

35.

悠然望山山不语

青蛙声中道春来

故事背景 小林一茶确实是陶渊明的粉丝，这里再次借用了
陶渊明悠然见南山一句改写，致敬了自己的偶像。

回到老家之后，分得一部分家产的一茶，过着悠然田家翁的
生活，半生流离之后终于可以安居乐业，写的俳句也多是反
映田园风光和乡间闲趣。

36.

归去来兮

江户之地多烦忧

纳凉亦难清静

故事背景　这首俳句确实引用了陶渊明的《归去来兮辞》，从很多创作方面的志趣看得出来，小林一茶相当喜爱陶渊明。

37.

稻田飞来雁

村中人渐稀

故事背景　终于回到了故乡，小林一茶投入了"采菊东篱下，悠然见南山"的田园生活，日子过得闲适安然。

信浓地区由于一到冬天就大雪封山，村里的青壮年就会赶在下雪之前出去打工赚钱。大雁飞来时说明已入深秋，村中人变少都出去找活干了。

漂泊半生，历经艰辛才终于回到故乡，一茶是希望整个冬天都待在这里。

38.

天尚未亮

浅间山的雾气静悄悄

爬过我的早膳

———

故事背景 浅间山位于小林一茶的故乡柏原与常住地江户之间，每次往返都会经过。

39.

也许这就是

我最终的栖息地吧

五尺积雪处

故事背景 回到故乡柏原之后，小林一茶已经决定老死在这里。经历过长期漂泊的人，对叶落归根更为渴望。

40.

借着芭蕉翁^①余荫
过活的我
悠哉乎纳凉

---

① 芭蕉翁，即松尾芭蕉，日本著名俳句诗人。

故事背景　俳句起源于中国汉诗的绝句，起初在日本逐渐发展成连歌的诗歌形式。连歌是格调高雅、古典式的诗，多受贵族喜爱，主题也多是风花雪月等。俳谐将连歌讽刺化，加入了更符合普罗大众的元素，更接地气。俳谐较多地使用谐音的俏皮话，这一类风格的短诗逐渐演变成俳句。
俳句诗人中，松尾芭蕉是最为知名的一位，在日本可谓家喻户晓，也正是因为他使俳句广为流传，风靡江户时代。小林一茶靠着写俳句为生，自然更是尊敬感激芭蕉翁。

41.

春风吹过后

老鼠也迫不及待舔舐着

隅田川的水

故事背景 隅田川是江户重要的交通河流，通过船运将全国各地的物资送往江户，促进江户的繁华。小林一茶曾有段时间住在隅田川附近，由于江户人口增多发展迅速，大量垃圾也带来了大量的老鼠为患。这首俳句很有环保意识啊。

42.

凉爽归凉爽

寂寞是真寂寞

———————

故事背景 　一茶回到家乡，房子和田地都有了，却依然孑
然一身。估计是从这个时候开始，他已经有了成家的想法，
不久之后，就迎来了人生第一次结婚。

43.

五十岁的新郎

不住拿扇子

欲遮白发

故事背景 1814 年，五十二岁的小林一茶，迎来人生初次结婚，迎娶了邻乡二十八岁的女子菊为妻。女方家是经营米粮的富裕户，家中还有用人，条件相当不错。之所以一茶能够娶到娇妻，也是因写俳句出了名，在信浓一带一茶的俳句也广受欢迎，前来拜师学习的年轻人很多。那个时代来说，菊二十八岁结婚也是晚婚，不过夫妻相差二十四岁还是挺让人惊讶的。

五十多岁才当新郎，婚礼上一茶也对自己的白发感到难为情，时不时拿着扇子遮挡。

44.

雪散了之后
露出昨天看不见的
出租屋号牌

———

故事背景　江户时期，随着人口迁移的加速，房屋租赁变得
普遍起来。主人不住的房子会挂出号牌出租，每年一到春
天就是人口迁徙的旺季。

45.

俺是傻人有傻福

就像那边的野草

也能做成美味的草饼①

———————

① 草饼是日本传统女儿节的食物。

46.

凉风习习

绕过千折百曲

吹拂我身

故事背景 这段时间，小林一茶与妻子菊夫妻关系和睦，两人不愁生计，又都爱好诗歌，常常一同游玩。一茶留下许多甜蜜时刻的俳句，生活常有凉风习习的轻松愉快。写下这个俳句时，妻子已有身孕，让一茶对未来的生活更是充满期待和向往。这也是小林一茶人生中难得的一段美好时光。

47.

多么朝气蓬勃哟

尽管穿上初袷 ① 后的孩子

尺寸完全不合

————

① 初袷是夏天里给孩子穿的第一件去掉棉花的和服。

故事背景 文化十三年（1816）春天，一茶的妻子菊诞下一位男孩，取名千太郎。此时的小林一茶，第一次体会到了做父亲的滋味，满心欢喜。虽然准备的衣物尺寸不对，但看着自己的孩子怎么看怎么顺眼喜爱，做父亲的多么希望孩子朝气蓬勃地长大。

48.

瘦弱的青蛙

切莫认输

在下一茶与你同在

故事背景 写于 1816 年。江户时代，日本乡下流行一种叫"蛙合战"的游戏，利用繁殖期雄蛙争夺配偶的好斗本能斗蛙，类似斗蟋蟀，常带有赌博性质。这首俳句写小林一茶站在瘦弱的青蛙一边加油鼓励，可能是他选的青蛙。

49.

欲摘明月至人间

赠予哭泣之孩童

故事背景　这是小林一茶有孩子后写的俳句。

50.

多么不可思议

在我出生的家中

眺望今天的明月

———

故事背景　千太郎死了。

他来到这个世上还不到一个月，就因疟疾离开了人间。小林一茶刚体验到做父亲的喜悦，转眼就陷入巨大的丧子之痛中。

由于孩子的死，妻子也过于伤心而身体患病，时常头疼忧郁。为了能够让妻子心情好起来，一茶努力坚强，逗妻子开心，和她去赏月谈心，希望妻子可以早日走出悲伤。

好不容易以为自己可以获得幸福的一茶，也再次陷入对人生的虚无感之中。

漂泊在外四十年，回到儿时的家中，看着千古不变的明月。

他作为一个佛教徒，不得不悲痛地意识到，活在这个婆婆世界，到处是无常。对于苦难与离别，唯有学会接受。

51.

信浓的路四通八达

惊叹于路上

荞麦花的洁白

故事背景　在江户非常关照小林一茶的好友夏目成美是年去世，享年六十八岁。

小林一茶最后一次前往江户祭奠好友，也意识到自己也可能不久于人世，感慨生命的短暂无常。荞麦花的洁白如同雪花，在这个世上转瞬即逝。

52.

扇子之为物

一旦拿在手上

忍不住就想走动

故事背景 千太郎夭折三年后，夫妻之间互相搀扶安慰度过
悲伤，感情反而更加深了。时光平复往事之后，一茶达观
知命的性格又恢复了，开始创作以前那种轻松诙谐的俳句。

53.

幸而生性愚钝

倒也乐天知足

俺的春天哟

故事背景　1818 年夏，妻子菊又诞下一女，让小林一茶再次体会到当父亲的喜悦，给孩子取名为慧。

女儿的出现也让夫妻走出之前的阴霾，愈发疼爱珍惜这来之不易的孩子。

54.

爬吧，笑吧

已经两岁了哟

从今早的春天开始

故事背景 1819 年新年，小林一茶的女儿两岁了。由于之前长子夭折的意外，一茶对女儿悉心照顾，生怕吃不干净感染疾病，亲自为孩子准备杂煮膳食（主要食材是麻薯）。

55.

今日犹如跟头虫 ①
明日复如是

———

① 孑孓，蚊子的幼虫，俗称跟头虫。

故事背景　小林一茶定居柏原，又有妻子儿女之后，生活逐渐安乐，每天都过得差不多，自觉懈怠懒散了。这篇俳句是劝学的意思，提醒自己不要放松修行和学习。

56.

蚂蚁的道路

从云峰一路延续下来

57.

女儿哟

你还未曾见过

百花盛开的模样

故事背景　1819 年 5 月末，小林一茶的女儿罹患天花不幸
夭折。作为父亲，年过半百的一茶再次遭遇失去孩子的痛
苦。女儿给他带来了两年无比幸福的时光，她骤然去世给
了一茶巨大心理打击，难以走出。

58.

露水般的人世间

明知是露水般的人世间

我却

我却

（版本二）

我知这世界宛若露珠

宛若露珠呀

可是

可是

———

故事背景　《金刚经》有云：一切有为法，如梦幻泡影，如
露亦如电，应作如是观。活在这个世上，所有遭遇都是
无常变幻，小林一茶只能通过佛经安慰自己，可是，可
是……长女去世后，小林一茶很是难过，于一年时间写作
了俳文集《俺的春天》，收录了爱女的点滴，真切感人，是
其代表作之一。

59.

纵然人生苦难重重

我的暮年

愿将一切交给阿弥陀佛

故事背景　再度失去孩子之后，小林一茶更加意识到人生的
本质是苦，诸行无常，有漏皆苦，将所有精力都用在念佛
上，信仰净土宗的他，相信不断念诵阿弥陀佛，终将与亲人
们相聚在极乐净土。

60.

烦恼纷纷的愚者们

齐聚月光之下

平等吟诵十夜念佛声

故事背景　十夜念佛是旧历十月五日到十月十五日的十天期间齐聚念佛的法事，可以看出女儿去世之后，小林一茶愈发信佛。

61.

窝在被炉中

观雨中淋湿的大名队列

我这暖哉

故事背景 大名队列即日本古时大名出行时的仪仗队。

62.

今年开始一本万利

娑婆 ① 世界且当游戏

————
① 娑婆是佛教术语，汉译"堪忍"，指我们生活的世界是
一个充满烦恼苦难的娑婆世界。

故事背景 此俳句写于 1821 年的元旦。此前因为中风病
倒，差点没熬过去，走了一趟鬼门关，再次迎接新年的到来
恍若重生，心态更为豁达。从今往后活着的每一天都是赚
的，这个充满苦难无常的娑婆世界，且当作一场游戏。然
而残酷的命运并不会因为他的心态豁达而放过他。

63.

烟霭升起处

我的眼中却浮现

孩子说着梦话的脸

故事背景 这首俳句是为悼念死去的孩子——石太郎。故事上一句"娑婆世界且当游戏"之后不久，1821 年的 1 月，小林一茶的第三个孩子，石太郎因窒息而死。花甲之年再次失去孩子，一茶的心已然千疮百孔，悲伤到产生幻觉，仿佛在烟霭中看到孩子睡着的脸。

石太郎生于 1820 年的 10 月，出生仅三个月就离开了人间，尚未见过春天的烟霭。当小林一茶看到春天的烟霭时，忍不住想象孩子要是能看到这些该多好呀。

64.

年满六十的春天

门前积残雪

———

故事背景　由于第三个孩子石太郎的去世，妻子菊心态也遭
遇巨大打击，导致出现痛风，身心状态也变得糟糕起来。

一种阴影笼罩在家中，就是小林一茶与妻子心中不祥的残雪。

65.

苇莺嘤其鸣

大河依然静谧

兀自流淌

故事背景 1822 年 3 月，小林一茶的妻子菊生下第四个孩子，是个男孩，取名金三郎。生完孩子后，菊的身体更加差了，几乎无法从事家务，只能躺在床上休养，病情愈发严重，一年后离世。小林一茶喜爱孩子的心情可以理解，可是不顾妻子身体一味地要孩子，且每次都没有好好帮助妻子带孩子导致夭折，在传宗接代这件事上显得愚痴而自私，也让后世很多读者对小林晚年几个孩子夭折这件事，从一开始的同情转而变得反感。

66.

一根野草

也有幸

享有凉风吹拂

故事背景　1823 年 5 月，妻子菊最终因为病情加重无法医
治而离世，享年 37 岁。

举办完葬礼之后，在妻子的墓地前，小林一茶盯着一棵野
草，只觉得自此愈发孤苦伶仃。

67.

别哭了，虫子
天上相恋的星星之间
也有分离的一天

故事背景　这首诗是在妻子去世后写的。重新回到孤单的
小林一茶就像一只卑微渺小的虫子，劝自己别再哭了。星
星之间也会聚散离合，何况短暂的人世间。

68.

春天来了
愚痴之上
愚痴复归

故事背景　妻子菊去世没多久，金三郎也因为母乳不足、营养不良，虚弱而死。小林一茶与菊所生的四个孩子，全都不到两岁就死了。自此，一茶活在了思念与孤独的悲伤中。

69.

鸡跳入房间

榻榻米上悠哉步伐

日子渐漫长

故事背景　失去妻子孩子的一茶，显然有一种放弃人生的无力感，任凭鸡跳入房间来来回回，也懒得去驱赶，就这么躺在榻榻米上感受时间一分一秒过去，日子漫长而难熬。

70.

萧瑟秋风中

除了寂寞

有何可以伴饭

故事背景　失去妻子孩子后，小林一茶忍受不了孤独难熬的
日子，1824 年，六十二岁的他在熟人的介绍下再婚了。然而
双方性格习惯不和，第二段婚姻持续不到三个月就离婚了。
小林一茶又恢复了然一身，萧瑟秋风中，只有寂寞伴饭。

71.

我不想长眠樱花之下
未来不禁令我恐惧

故事背景　此俳句写于 1827 年，小林一茶已经 65 岁。身体日渐不适的小林一茶中风再次发作，已经感受到死亡的临近。

72.

烧焦的土地

热气腾腾之中

跳蚤闹腾

故事背景 1827 年的夏天，柏原村发生一场大火，烧毁不
少的房子，也包括一茶的房子家具。一切曾经拥有的幸福，
如同镜花水月付之一炬，死亡的气息渐渐逼近，一贯豁达乐
观的一茶也开始害怕死亡。

这首俳句，据说是小林一茶生前的最后一首作品。

1827 年 11 月，一茶突然病情恶化骤然离世，享年六十五岁。

·怀念故乡·

1.

山寺重重积雪中

雪底深处梵钟声

故事背景　小林一茶怀念故乡冬天的作品。

他的故乡是信浓国水内郡柏原村（今长野县上水内郡信浓町柏原），故乡一到冬天仿若雪国，山寺都隐藏在重重积雪中，信仰阿弥陀佛的小林家最多的活动就是在家打坐念佛，即便没去寺院，心底深处依然回响着佛家钟声。

2.

我出生的故乡

那里的草

可以做草饼呢

3.

赏月之时

无意数起群山

有几座仿若故乡

4.

老牛头上顶降雪

负重前行路悠悠

5.

站于云峰四望

水田旱地美如画

一寸长的马，豆子大的人

6.

通往信浓国的路

荞麦花洁白无瑕

美得窒息

7.

山中人不语

袖深藏蝉鸣

8.

忽而今夏人憔悴

茅屋枯草亦变瘦

9.

贫家篱笆代代开

无所分别木槿花

10.

门口柳树迎风招

似等归人喜相迎

11.

信浓山中雪纷纷

无心笑谈过此冬

12.

偶尔会看到

故乡的月亮

云遮雾罩

13.

访客欲来道且阻

门前积雪厚如堵

14.

下雪天

故乡的人

待我凛若冰霜

15.

村里的孩子

如雪融化后的支流

潺潺不绝

16.

我在他乡思故乡
回到故乡似他乡

17.

故乡哟
时隔四五年
来场大扫除

18.

黄昏雨纷纷
淋湿的马儿
朝着故乡的方向嘶鸣

19.

蛇们回巢穴
也是回到出生的故乡

20.

故乡的正月
时常有春雨

21.

故乡哟
落在高杉树上的
那是冬季最初的雨

22.

捣年糕哟心欢喜

此刻某人已回乡

23.

初雪新降

透过草庵破洞

恍惚间望见故乡

24.

故乡哟

夜里碍路的荆棘花

也想念

· 写给妻子 ·

1.

大猫你快跑

我妻已尖叫

2.

流浪猫呀

尽管你很脏

妻子依然细心关照

3.

山鸡山鸡你在哪

没听到吾妻呼唤你吗

请你滚出来

4.

清早见吾妻

轻柔晃竹篮

只为哄孩睡

一宿未入眠

5.

一向勤恳之妻子

竟也忘却送神礼

6.

妻子弹奏三味线

仿若江户讨饭人

7.

随风而靡扑簌簌
木槿花开妻笑靥

8.

妻子孩子出现后
我的生命花盛开

9.

拔掉羽毛之鸟
双亲妻子何处

10.

失去妻子后

嘶鸣嘶哑自怨自艾

孤独的螽斯

11.

今夜月

我竟怀念

她的埋怨

·

流浪的猫

·

1.

对着叫唤的猫咪
做鬼脸
拍皮球

故事背景　小林一茶很喜欢猫，有许多关于猫咪的俳句（据统计三百首以上）。某种程度上，接连遭遇丧子之痛的他将对孩子的疼爱移情到了猫的身上。

2.

流浪猫

枕眠在

佛像膝头之上

3.

小猫咪伸起前爪

掸落耳边雪

4.

小猫咪时不时

按下风吹起的树叶

5.

柔软纤细

摇摇晃晃

猫咪影子轻盈

6.

流浪的猫

今日也只为讨生活

秋草之花哟

7.

夜间寒意浓

冻回外出猫

三三两两

8.

如今这世道

猫也罢，勺子也罢

无论是谁都热衷赏花

9.

笑看幼猫戏橡子

但愿长乐无烦忧

10.

寒冬腊月

二十九

猫仔恋正浓

11.

冬天的苍蝇

想留一条生路放走吧

谁知猫咪又扑落

12.

猫儿馋粽子

想解不可得

手法拙劣哉

13.

野猫轻轻离开草庵
也悄悄带走了跳蚤

14.

猫儿谈完恋爱后
沾着一身油菜花

15.

恰给猫洗澡
哗啦哗啦落入河
春日雨潇潇

16.

夜雨蒙蒙四野无人

猫咪恋爱溜出家门

17.

狂妄的小虫哟

可知猫正盯着你

还在聒噪叫

18.

酸甜姑娘果

正欲品尝遭抢夺

膝上贼小猫

19.

新买的被子

先给猫咪磨了爪

20.

猫崽子回家时

披着大雪如竹席

21.

窝在家中捣年糕

三种猫儿来帮忙

22.

猫崽子想谈恋爱了

年都没过就发春

23.

千呼万唤喊猫仔

胡枝子丛中簌簌

一声喵喵来回应

24.

叫春的猫

微妙的焦躁

骚动之心

25.

梅花开

小猫踩着影子玩

·

四
季
生
灵

·

1.

春日初蝶

不讲礼貌

直接闯入我家门

2.

啄木鸟叩木柱之声

在我耳里听来

像是在说去死去死

3.

沿着菜花田

望向最远的那一边

有座富士山

4.

刚拔出萝卜的农夫

拿着萝卜

为我指明道路

5.

打苍蝇归打苍蝇

也不耽误我

念南无阿弥陀佛

6.

蚊子多时烦扰

没有的时候

却也稍许寂寞

7.

熟睡的犬身上

轻轻盖上了一片

温柔的树叶

8.

大佛的鼻孔中

冒出一团团

清晨的雾

9.

既非鬼魅

亦非菩萨

原来是海参呀

10.

虱子也一样吧

长夜漫漫

是否会寂寥

11.

嘿！我说冰西瓜

有人来的话

你就赶紧假装成青蛙

12.

我被死神遗忘

留在这

秋日暮色中

13.

有人的地方

就会有苍蝇

同时也会有佛

14.

榻榻米上看月亮

其实我们都一样

15.

我死后

记得关照我的坟墓

蟋蟀兄

16.

观蝴蝶轻舞

令我不时忘了

身在旅途中

17.

寂寥到

无论哪个方向

都是紫罗兰

18.

仅仅如此活着

就是不可思议呀

樱花的阴翳

19.

放屁大赛

又要开始了哟

冬日窝居

20.

尿完之后

遇到横时雨

正好借来洗个手

21.

顿感凉爽时

就是极乐净土的

入口处

22.

小小青蛙可笑可笑

竟敢向我挑战

干瞪眼

23.

人类一位

苍蝇一只

共享大房间

24.

蝉对狗儿叫

有种你过来呀

25.

是将我的袖子

当作你的爹娘了吗

逃跑的萤火虫

26.

跳跃吧，跳蚤

就这么跳呀跳呀

跳到莲花之上

27.

也许一辈子

都未尝过人的味道吧

山中的蚊子

28.

莫非我家

是建在跳蚤们老巢的隔壁

29.

角落的蜘蛛不要怕

反正我压根儿懒得

打扫你的蛛网

30.

黄莺摩挲着

用梅花

擦拭脚上沾上的泥

31.

隐藏在

茶花中的麻雀

是在捉迷藏吗

32.

前世的我

是你的表兄弟呀

布谷鸟

33.

我家呀

老鼠和萤火虫

关系贼好

34.

散落的牡丹

溢出

昨夜的雨水

35.

纵使是昆虫

有的会唱歌

有的不会

36.

我愿与父一起
看黎明
升起于绿色原野

37.

夏夜的繁星
彼此说着悄悄话

38.

春雨中
一漂亮姑娘
打着哈欠

39.

这蛤蟆！像要

喷出

一朵云

40.

踏着草鞋

行走积雪之上

旅途中

41.

春日初梦见故乡

泪眼婆娑

42.

蛙长鸣

鸡初啼

东方鱼肚白

43.

朦朦胧胧之中

水汽笼罩坡道

44.

躺卧望

蝴蝶栖息

旅馆外之温泉

45.

开窗放蝶

目送蝴蝶远去

直到野原

46.

烟霭沉沉
朝阳初升
阳光跨过门槛

47.

春日里千树万树
皆以新发的嫩芽
——报上名来

48.

孤蝶蹁跹

虽无舞台

自顾自沉迷飞舞

49.

鸟也好

人也罢

樱花无所分别

50.

匆匆晨起后

眼前迷雾

观鼻头模模糊糊

51.

此刻留恋

不愿告别

春霞之迷人

52.

夜雨湿门松①

孤身卧床闻

53.

不投缘的姑娘

正如散落中的桃花

———

① 门松是日本常见的门口装饰物。一种由松枝、竹子做的装饰品，放在大门两侧，象征长寿。

54.

春雨不休时

天地一片迷蒙

毕竟春来也

55.

初蝶告春来

气势汹汹喊人来看

56.

开窗观春雨

一窗仅一人

57.

烟霭恰如白昼钟

令人沉醉令人醒

58.

筷子夹住春风

递予孩子共眠

59.

屋外黄莺叫

怀中婴儿笑

60.

春蝶误将狗碗作床
一夜借宿无人惊扰

61.

樱花盛开时
欲望的碎片也随之
遍布红尘角落

62.

花瓣之上呷呷嘴
伸出长舌头
青蛙也

63.

晚樱虽美已入暮

岁岁朝朝亦如故

64.

散落的樱花

悄悄吹走身上的汗滴

65.

百花绽放时

蠢蠢欲动之心

众生也

66.

山中月下花

采撷赠友人

67.

露珠浮世间

露珠中争鸣

夏日蝉声

68.

阴霾天

漫天诸神

同感百无聊赖

69.

我家的元旦
始于午后

70.

莲花清净无瑕
而观莲花的我
刚抓完虱子

71.

夏夜的我
裹着包袱当被褥
旅途中野宿

72.

青色竹帘下
白衣美人
惊鸿一瞥

73.

君在树荫下打坐
仿若耶稣佛陀

74.

清凉半月
静夜溜过水面

75.

遥见庙宇敬拜之

唯见白木森森立

76.

日出光照尽光明

夏季群山皆一洗

77.

梅雨时节

隐居竹林中

不知身在何方

78.

腹中空空如雷震

夏日原野上

79.

蚊子一只

扰一日闲居

枕头做伴

80.

梅雨季节

行走夜里山田

忽闻人声

81.

你照亮梅花

是在暗示我偷香吗

月亮

82.

虽无所得

亦非罪过

冬日窝在家

83.

鱼儿们

不知此身鱼桶中

门口好乘凉

84.

前方是俳谐的地狱吗

布谷鸟

85.

打水挑灯

不知倦

倏忽拂晓天光明

86.

西瓜已冰镇了两天
客人却都没有来

87.

布谷鸟鸣啭
信浓的樱花
静悄悄地盛开

88.

老狗走在身前
默然祭墓园

89.

布谷鸟呀

不要笑话

深处火宅① 中的世人

90.

蚊子哪

请你假装看不见

我那白头发

———————

① 佛教认为三界如火宅。出自佛经《妙华法华经》："三界无安，犹如火宅。"

91.

换季更衣之际

不知何故

顿感饥肠辘辘

92.

所谓酷暑

天色入暮时

壮美迷人

93.

一闪而过

米饭上飞舞一只

萤火虫

94.

赤犬伸懒腰

露出前方的燕子花

95.

梅雨清凉

雨中刷刷经过

一只落单的鸟

96.

小和尚的袖子里

传来蝉声阵阵

97.

夏日初见萤火虫

见之飞舞徘徊

忽一声叹息

98.

秋日寒风

毫不留情狂吹

无亲无故的我

99.

前方一棵蘑菇上
蝴蝶喘着气休息

100.

我的春天
也不过一块煤球
一碟小菜

101.

鸡唱着小曲
抵御秋夜寒意

102.

秋日夏蝉

死亡时所寝

不过一片落叶

103.

秋风萧瑟更近佛

岁月衰老当精进

104.

秋风哟

请你带走哭泣者

一同远走高飞

105.

秋日暮色

仿若死神留下的风景

106.

衰老的葫芦

正如在下的影

107.

秋麦熟

小贩女子背幼童

田间卖鲲鱼

108.

春风自暖不度人
无心问道道自成

109.

相扑摔倒的那个孩子
他的父母也在看比赛吧

110.

秋夜寂寥
旅途中的男人
正做着针线活

111.

夕阳照红叶

山谷落残虹

转瞬即逝之美

112.

山中彩虹

吹起湖水彩色波澜

113.

蝴蝶就那么飞着

似乎对这个世界无所执着

114.

蚊子绕耳不休

莫不是当我耳聋

115.

撒米似成罪过

一窝鸡乱斗

116.

酒后胡言

不知所云

如多瓣重樱

117.

我家的跳蚤如此瘦弱

是我之过

118.

长命的苍蝇哟

跳蚤和蚊子也活得久

这贫穷的村子

119.

别叫了

大雁哟你飞来飞去

飞到哪都是同样的浊世

120.

黑夜中开始

黑夜中结束

猫咪的恋情

121.

凉风即为净土

我家就在此处

122.

夕月下

凉风习习

独自扫墓

123.

秋风催人老
那人也曾是
一位美少年

124.

秋风中
蹒跚着步伐逃跑的
可是夏日萤火虫①

————

① 夏日已逝去，夏天的萤火虫在秋风中失去了飞翔的能
力，只能在地上无力地支撑最后的岁月。世间万物皆有时，
离开了属于你的季节，便再也无法发光。

125.

看起来很好吃

轻盈飞舞的

鹅毛大雪

126.

黄昏的月亮初上

厨房锅里的田螺轻鸣

还不知即将被煮熟

127.

硕大的萤火虫

在黑暗中千折百转

画出光的美丽弧线

128.

夏夜月光下

刚哄睡孩子的妻子

河边洗濯衣物

129.

远渡大海而来的大雁

今后你就是日本的大雁

安心睡个好觉吧

130.

秋意萧瑟寒风凛

无家可归四处行

所到皆是别人家①

_____

① 居无定所的小林一茶，半生都在漂泊流浪，不是借宿
就是野外露宿，秋寒料峭之时，更是心中凄凉。

131.

今年夏天
连我家茅草屋上的草
也更瘦削了

132.

凉风清爽
我的妻子却拿着水瓢
追杀着蚊子

133.

不要害怕我，蜘蛛
你我一样都只是
暂时借宿此处

134.

乌鸦一步步走来
那步伐宛若耕地

135.

新的一年
万物都在重新盛开
唯我平平无奇

136.

睡饱的猫咪起了身
打着哈欠悠悠出门
去谈恋爱咯

137.

春天又来了
好歹我在人间已见了五十回
不亏

138.

牛蒡草之中
是怎样诞生出
一只蝴蝶

139.

下雪天
我穿上草鞋
毅然离开旅店

140.

一片又一片

京都的空中

飘着无名之花

141.

春日下

凡有水之处

皆有暮色辉映

142.

从梦中醒来

夜晚冷得我

牙齿打战

143.

莫非是前世之约
你这可爱的小蝴蝶
竟躲到我袖里安眠

144.

盛开的樱花树下
没有人是异乡人

145.

青蛙一手依偎青梅
打着呼噜酣睡

146.

你来人间是超度罪人的吗

红蜻蜓

147.

春天的雨

希望可以治愈你忧愁的脸

猫头鹰兄

148.

澡堂的小蝴蝶

飞来飞去

数着水池中的人头

149.

地域画的墙垣上

栖着一只唱歌的云雀

150.

梅花暗香动

春色夜更浓

151.

黄莺的歌声

既是为我而唱

也为满天神佛

152.

无所事事的日子
俳句相伴的日子
春雨不休的日子

153.

寒冷的天空下
哪里才是我这个流浪的乞丐
过年的地方

154.

我的生活就是
清早中午夜晚
雾，雾，雾

155.

青蛙望着天空
似乎在构思一首
关于星辰的诗

156.

雨三滴

还是萤火虫

三四只

157.

在清晨的

露珠中修行

向往净土

158.

云雀在小鹿的耳边

呢喃着悄悄话

159.

小鹿啊

你不知道那是猎人的箭矢吗

还乱蹦跶

160.

簌簌落落木槿花开

妻子见之喜笑颜开

161.

杜鹃鸟啊

雨水怎么

只落在我身上

162.

散开的花瓣

遥远的晚霞

渴望的水

163.

樱花之下

赌徒们吵吵嚷嚷

图碎银几两

164.

冬枯万物杀

山色如城墙

165.

初雪之日

住于借宿之家

仰人鼻息

166.

多想靠近思念的人

在被炉中

紧紧相依

167.

晨霜朦胧之中

拿着酒食吃饭

168.

秋冬之交忽降阵雨

淋不到酒屋之中

放声歌唱

169.

妻子哺乳时

数着孩子身上

跳蚤的痕迹

170.

明月哟

今晚你也倍儿忙吧

171.

女儿你看

这些被捉的萤火虫

身不由己要被卖

172.

云散后
月色光滑细腻

173.

今晚夜色柔美

就连老婆婆

都忍不住想喝酒去

174.

牙齿掉光后

念佛变成了阿无陀佛

175.

风吹萍花频招手

似为老翁招来客

176.

秋风吹来寒意

行路商旅瑟瑟发抖

177.

霜夜冷飕飕

幸得前人居住之时

所剩煤炭

178.

看到荒冢开花

也会想起遥远的故乡

179.

柳树飘摇中

淋湿看板下的团子

180.

归来大雁拉了屎

落在田间人斗笠上

181.

纸罩座灯下

吃饭的人

望着空中大雁

182.

堇菜挤成一团

窝在土墙之上

183.

山寺春月夜

连歌闻于道

184.

山鸟叽叽喳喳

雨中跳跃的小蝴蝶

185.

蝴蝶自在飞舞

仿若对此世无欲无求

186.

你也要去江户谋生了吗

亲爱的杜鹃鸟

187.

月夜静谧无声
田蚌悄悄吐泥

188.

隔壁正在用着餐
我这灯暗风又寒

189.

我要出门去也
痛快恋爱痛快玩吧
家里的苍蝇

190.

只有我在这儿
只有我
雪你尽管下

191.

秋风吹落红花
飘到墓前为供

192.

我想翻个身
野外的蝈蝈们
注意躲避哟

193.

夏夜里的晚风

露宿野外分外温柔

194.

夜里望

远方雾气

还是白色的浪

・

心安理得

・

1.

一无所有也无妨

但求心安理得

凉爽

2.

露珠垂落

一任阶前、点滴到天明

3.

生时沐浴

死时沐浴

多愚妄

4.

打了半天盹

也不会有人

惩罚我

5.

手指在肚子上

练习着书法

长夜寂寥

6.

京都呀
东西南北四面望
十字路口如花

7.

淡蓝色曙光下
更衣整装出发

8.

又回到了从前
一个人过年
一人份的杂煮

9.

银河无数繁星中
有一颗星将会是我

10.

寒风瑟瑟叶籁籁
骤雨凄凄中
瘦弱男子衣单薄

11.

旅人坐山上
萝卜充饥

12.

山水清澈且淘米

饭后无事当午睡

13.

无钱无势

门口不见青草

萧索冷清

14.

船头风光正好

不可小便

亵渎水浪明月

15.

多么美好的世界

看水滴落下

一滴，两滴

16.

清早大晴天

早上的晴天

木炭高兴地燃烧

噼里啪啦

17.

献上供品敬阿弥陀佛

俺又在人间捡了一年

18.

君若将此世当作幻旅

世事亦不过一壶杂煮